M. Gerspach

Les Tapisseries Coptes

M. Gerspach

Les Tapisseries Coptes

ISBN/EAN: 9783337395407

Printed in Europe, USA, Canada, Australia, Japan

Cover: Foto ©Andreas Hilbeck / pixelio.de

More available books at **www.hansebooks.com**

LES

TAPISSERIES COPTES

PAR

M. GERSPACH

ADMINISTRATEUR

DE LA

MANUFACTURE NATIONALE DES GOBELINS

PARIS

MAISON QUANTIN

COMPAGNIE GÉNÉRALE D'IMPRESSION ET D'ÉDITION

7, RUE SAINT-BENOIT, 7

1890

LES

TAPISSERIES COPTES

I

Jusque dans ces derniers temps l'archéologie assignait à la plus ancienne tapisserie connue la date du xi° siècle; la pièce, dont quelques fragments sont conservés dans les musées, à Lyon notamment, provient de l'église de Saint-Géreon de Cologne. On supposait avec raison que la fabrication des tapisseries remontait très haut, mais le point de départ n'était pas trouvé, et il ne l'est pas encore; on savait, d'après les peintures de l'hypogée de Beni-Hassan-el-Gadim, que, trois mille ans avant notre ère, les Égyptiens se servaient d'un métier dont les organes essentiels étaient semblables à ceux du métier actuel des Gobelins; on connaissait, d'après un vase grec, la forme du métier de Pénélope; on supposait, d'après les peintures et les descriptions, que certaines tentures antiques étaient bien de la tapisserie, c'est-à-dire un tissu fait au moyen d'une chaîne dont les fils sont couverts par enroulements d'autres fils constituant la trame et reproduisant le modèle; mais l'objet réel, tangible, le monument archéologique en un mot, faisait défaut lorsque M. Stephani trouva en Crimée une suite de tissus dont quelques-uns parurent au savant archéologue devoir résulter d'une fabrication identique à celle des Gobelins et remonter au iv° siècle avant notre ère. De récentes découvertes ont apporté à l'étude de cette question des éléments d'appréciation nouveaux, nombreux et probants; parmi les tissus de différentes sortes que l'Égypte ne cesse de fournir, se trouvent de véritables tapisseries dans le sens spécial que nous attribuons à cette expression. On a donné à ces produits le nom de tapisseries coptes et même déjà on les appelle Gobelins coptes, par suite de la tendance très accentuée de désigner sous le nom générique de Gobelins les tapisseries de haute et de basse lisse de tous les pays et de toutes les époques.

Les Coptes sont regardés par quelques savants comme les descendants de l'ancienne race égyptienne; d'autres, au contraire, et parmi eux Champollion, pensent qu'ils résultent d'un mélange confus de tous les peuples qui ont habité l'Égypte. Ce furent les premiers chrétiens de la vallée du Nil; au v° siècle, ils adoptèrent la théorie d'Eutychès qui veut qu'il n'y ait en Jésus-Christ qu'une seule nature, la nature divine; le schisme persiste encore et, sur 150,000 Coptes modernes, 5,000 à peine sont catholiques romains.

Les Coptes, qui étaient jadis au nombre de plus de 600,000, sont déjà signalés par Strabon pour leur habileté comme tisserands; ils ont tenu la tête de la civilisation en Égypte jusque vers le xii° siècle.

Je n'ai pas la prétention d'écrire l'histoire des arts coptes, ni même, pour le moment du moins, celle de leurs tapisseries; j'ai simplement le désir d'apporter mon contingent d'observations spéciales à une étude nouvelle et de propager des dessins qui peuvent servir de modèles à un grand nombre d'industries d'art et fournir des documents à tous ceux qui pratiquent les arts de la décoration.

·

II

Les tapisseries proviennent de Sakkarah, du Fayoum et d'Akhmim, l'ancienne Panopolis; la plupart de celles que je reproduis sont de ce dernier hypogée gréco-romain découvert en 1884 par M. Maspero, notre illustre compatriote, alors directeur de la mission archéologique française au Caire. Ce ne sont pas des tentures, mais très généralement des parures de vêtements; les corps recouverts d'habits civils ou religieux ne sont plus embaumés; à Akhmim, païens et chrétiens coptes sont les uns sur les autres, en cercueil dans le haut, sans cercueil dans le fond; à côté de ces fosses communes on trouve des sortes de concessions particulières réservées à l'aristocratie.

Les plus anciens et les plus nombreux tombeaux renfermant des tapisseries sont du ii° ou du iii° siècle après Jésus-Christ; les plus récents paraissent être du viii° ou du ix°; le musée des Gobelins possède une pièce dont la trame est en soie sans mélange. Ce morceau est postérieur au viii° siècle, époque où la soie apparaît pour la première fois dans les tapisseries égyptiennes. On peut donc admettre que les tapisseries coptes recueillies jusqu'à ce jour sont du ii° au ix° siècle de notre ère; rien dans la comparaison des styles et les rapprochements ne s'oppose à ces limites. Il est fort probable que les Coptes ont continué, pendant plusieurs siècles encore, une fabrication dans laquelle ils excellaient; ils ont vraisemblablement travaillé à ces milliers de pièces représentant les grands hommes de l'Islam, montrant des villes, des paysages et des animaux que possédait le calife Mostanser-Billah et qui furent brûlées au Caire en 1062 avec les immenses richesses accumulées dans le Dépôt des étendards.

La découverte des tapisseries coptes pourra modifier l'opinion que l'on s'est faite, au moyen des textes, sur la nature de certains tissus que revêtaient les empereurs d'Orient et les personnages de marque. Constantin portait en cérémonie une tunique de tissu d'or avec des fleurs

·

tissées; l'empereur Gratien (+383) fit don à Ausone, son ancien précepteur, d'une tunique dans laquelle était tissé le portrait de Constantin. Vers la même époque, l'évêque Astère blâme dans un sermon la folle industrie des tisserands : « Dès qu'on eut inventé l'art aussi vain qu'inutile du tissage qui, rivalisant avec la peinture, sait rendre dans les étoffes, par la combinaison de la chaîne et de la trame, les figures de tous les animaux, ils achetèrent avec empressement, tant pour eux que pour leurs femmes et leurs enfants, des habillements couverts de fleurs et offrant des images d'une variété infinie..... On y voit des lions, des panthères, des ours, des taureaux, des chiens, des forêts, des rochers, des chasses et en un mot tout ce que le travail du peintre peut produire pour imiter la nature..... Les plus pieux de ces hommes opulents empruntent les objets aux Évangiles. »

Quel était le genre de ces tissus dont on trouve mention du IVᵉ au XIᵉ siècle, époque présumée de la tapisserie de Saint-Géréon? On s'accordait généralement pour les considérer comme des étoffes brochées ou brodées; mais, maintenant que nous avons dans les mains les tissus coptes du temps, nous pouvons parfaitement admettre que ces somptueuses parures étaient, en partie, tout au moins, de véritables tapisseries[1].

III

Les dessins que je publie me dispensent de décrire les motifs que les Coptes choisissaient de préférence; cette description, du reste, serait souvent très difficile et ne donnerait qu'une idée incomplète de l'objet.

Le style est plus ou moins pur, mais il dénote constamment une grande liberté de composition et de facture; il est exempt de minuties et de subtilités, même lorsque nous ne comprenons pas très bien la pensée de l'artiste. Quand il ne se rattache pas à la décoration romaine ou à l'art oriental, il est original, il a un caractère propre, une saveur particulière, qu'il soit fin comme nos dentelles ou épais et obtus comme les ornements des races inférieures; il constitue alors, dans une manifestation intime et populaire, un genre spécial qu'on nommera peut-être bientôt le style copte.

A première vue, en effet, on retrouve l'antiquité dans les pièces les plus simples, qui sont aussi les plus anciennes; en général, ces morceaux sont d'une seule couleur pourpre ou brune, avec des filets clairs en lin écru. Le dessin est sommaire, net, sobre, bien combiné, harmonieux, d'une grande franchise plastique, dans le style qu'adoptera ultérieurement l'art héraldique; naturellement, dans la figure il est plus faible que dans l'ornement, car le tapisier, avec

1. Mon savant ami M. Muntz a émis cette opinion dans son livre la *Tapisserie*, publié en 1882, ayant par conséquent qu'il fût question des Coptes.

sa broche, ne trace pas aussi facilement que le céramiste avec son pinceau; nous devons excuser les tapissiers coptes, leurs successeurs de tous les temps et de tous les pays ayant comme eux fait plus ou moins de fautes de dessin. Parmi les sujets visiblement inspirés par l'antiquité, on remarquera :

La Femme drapée (n° 1), *le Centaure jouant de la cithare* (n° 2), *Persée délivrant Andromède* n° 3, *le Lion* (n° 5), qui paraissent avoir été copiés sur des vases et des mosaïques. Comme dans les mosaïques, le sujet s'enlève en obscur sur des fonds clairs, et je ne suis pas éloigné de croire que ces modèles n'ont pas été conçus en vue d'une interprétation en tapisserie, mais qu'ils reproduisent de plus grandes œuvres monumentales.

Les tapisseries polychromes sont généralement postérieures à cette première série, mais il importe de faire remarquer que certains modèles primitifs n'ont pas été abandonnés et qu'on les retrouve dans les tissus modernes du bas Danube et de l'Orient. La figure en buste de femme n° 83, semble du IV° siècle par comparaison avec le style des tapisseries portant les noms de Dionysos et d'Ariadne de la collection de M. Graf de Vienne. Le sujet le *Parthe* (n° 75) a été décrit par Sidoine Apollinaire (430 † 488); parlant d'une tapisserie étrangère, il dit « qu'on y voit encore, par un miracle de l'art, le Parthe aux regards farouches et la tête renversée en arrière, voltigeant sur son coursier, s'échappant, revenant pour lancer son trait, tour à tour fuyant et mettant en fuite les bêtes féroces dont il poursuit les simulacres » Si le Parthe que je reproduis n'est pas du V° siècle, il y tient de près, ainsi que le *Saint Georges* (n° 76) conçu dans le même esprit.

Jusqu'ici le dessin est clair et lisible; maintenant nous arrivons à une suite inférieure; les lignes se compliquent et les formes deviennent épaisses; c'est Dieu le Père, ce sont des saints nimbés disposés en compartiments ou en médaillons comme dans les mosaïques de Ravenne du VI° siècle; l'ornement est encore dans un bon esprit, mais les figures sont faibles. Je crois que le modèle primitif devait être encore ici sensiblement plus grand que la tapisserie; il me semble que le tapissier a été gêné par un cadre trop étroit : la figure humaine l'embarrasse, il se sent mal à l'aise pour la traduire, tandis qu'il reste maître de lui dans la partie ornementale. La tapisserie qui représente Dieu nimbé en croisillons (n° 108) montre une erreur du tapissier; au lieu des lettres apocalyptiques alpha et oméga, le commencement et la fin, il a tissé deux fois la lettre alpha.

Avec les siècles suivants, nous tombons dans une décadence relative, moins profonde que celle de la mosaïque au XII° siècle; le corps humain est contourné, strapassé; les têtes sont bestiales; les animaux sont difformes et fantastiques, pourvus de sortes de tentacules; ils se transforment en ornements (n° 79-152); la flore n'est même plus ornementisée ni conventionnelle; certains motifs sont incompréhensibles; l'ornement, mieux tenu, présente toujours des combinaisons intéressantes; malgré ces fatras, ces incohérences, il reste dans ces tapisseries, comme dans les mosaïques du pape Pascal, un sentiment juste de la couleur et des proportions; même dans leurs fautes, les Coptes continuent à prouver qu'ils sont décorateurs.

Il y a lieu de signaler le soin que les Coptes mettaient dans les bordures et les entourages. Postes courantes, rinceaux, torsades, fleurons, entrelacs, dentelures, boucles, ondes, pampres, cellules, fers de lance, créneaux, chevrons, pierres précieuses, spirales, enroulements, etc., sont partout très justement appropriés, comme dessin, couleur et importance, au sujet qu'ils doivent accompagner; on remarque la préoccupation presque constante de produire un effet en posant la irise extérieure dans un sens opposé à celui du motif principal (n⁰⁵ 68-127-127). Cette habile disposition donne à l'objet un aspect solide, détaché et élégant; on remarque aussi que, pour rester dans le parti adopté, en longueur par exemple, les Coptes n'hésitent pas à renverser un sujet, alors que le sujet voisin est figuré debout (n⁰⁵ 2-6-95-105).

Les éléments tirés de la nature égyptienne ou de l'ancien style égyptien tiennent relativement peu de place dans les tapisseries coptes: à l'exception des pygmées, de quelques plantes et surtout du lièvre à longues oreilles, presque rien ne rappelle le pays d'origine; ce lièvre est l'objet d'une préférence marquée, on le rencontre constamment dans les tapisseries et quelquefois dans les mosaïques romaines de l'Afrique. La croix se découvre dans certaines pièces des premiers temps, mais elle ne constitue qu'un ornement géométrique; peut-être postérieurement (n⁰ 138) a-t-elle un caractère confessionnel. On remarque (n⁰ 56) le dauphin, qui se rapproche du symbole en usage du temps de saint Augustin († 430). Je ne pense pas que la feuille de vigne aplatie (n⁰ 131) ait une signification chrétienne; ce n'est sans doute qu'un élément décoratif, très bien choisi à cause de la franchise de ses contours.

Tous ces motifs appartiennent à des costumes civils ou religieux [1]. Les bandes (n⁰⁵ 26-27) longeaient le vêtement. Les grands morceaux carrés ou ovales (n⁰⁵ 8-9-84) étaient placés sur le devant ou dans le dos, les plus petits (n⁰⁵ 10-19) sur les épaules et dans les angles formés par les bandes montantes et horizontales; on les voit ainsi dans la mosaïque du vɪ⁰ siècle de Saint-Vital, à Ravenne, qui représente l'impératrice Théodora et son cortège. Je crois que les petites pièces minces et allongées (n⁰⁵ 29-32-33-116) partaient généralement des épaules et se prolongeaient sur les draperies. Les manches étaient presque toujours garnies de galons simples ou doubles (n⁰⁵ 52-57-114-126). Le type n⁰ 41 est une entrée de poche. Les collets (n⁰⁵ 44-45) étaient rarement exécutés en vue de leur destination, et souvent le dégagement de l'habit autour du cou était garni d'un morceau plat adapté à la forme au moyen de pinces. Les dalmatiques, les chapes, les étoles, les manipules et les autres pièces en usage dans la célébration du culte étaient très somptueuses; on peut rattacher à leur décoration les plus brillantes, sinon les meilleures des tapisseries coptes (n⁰⁵ 108-109-110-111).

Du reste, je laisse volontiers à de plus compétents le soin de déterminer les noms qu'il convient de donner aux diverses formes des tapisseries égyptiennes et d'expliquer les motifs que les Coptes ont tirés avec tant d'esprit et de goût de la flore, de la faune, de la mythologie et de l'iconographie chrétienne, mon but essentiel étant d'attirer l'attention sur des ouvrages naguère inconnus et de les analyser au point de vue technique.

---

1. De toutes les tapisseries coptes que j'ai vues, deux seulement ne tiennent pas au costume: l'une est un petit tapis presque complet, l'autre est un fragment d'un tapis d'assez grande dimension.

IV

Une étude attentive de la fabrication m'a permis d'assurer que les tapisseries coptes ont été fabriquées sur un métier vertical qui ne différait pas essentiellement de celui des Gobelins [1], mais qui était beaucoup plus petit. Certaines particularités, la présence par exemple de fils de chaîne libres, me font croire que le tapissier copte était installé devant la chaîne par rapport au spectateur, et non derrière comme aux Gobelins.

La chaîne est presque toujours en fil de lin écru; je n'ai trouvé que deux chaînes en laine, toutes deux teintées. La trame est en laine et quelquefois, mais très rarement, en laine et en lin; dans un seul cas, elle est en soie pure (n° 89); je n'ai constaté aucun mélange de soie et de laine.

Lorsqu'on monte une tapisserie sur le métier, on distance à volonté les fils de la chaîne selon la finesse à donner au tissu; aux Gobelins, nous travaillons avec 9 et 10 fils au centimètre; dans les tapisseries coptes, les chaînes sont à 18, 12, 11, 9, 8 ou 6 fils au centimètre; les fils sont d'épaisseur variable; les tapisseries sont assez souvent cousues sur le tissu, sans doute parce qu'elles avaient déjà servi et qu'on ne voulait pas les perdre; mais, en principe, elles font partie du tissu même; lorsque le praticien arrivait à l'endroit qui devait recevoir une décoration, il prenait un, deux et même trois fils de chaîne afin de donner à la trame une base plus ferme et d'éviter la grippure.

On remarque dans les tapisseries coptes des *relais*, c'est-à-dire des solutions de continuité nécessitées par les contours et par certains changements de couleur; on remarque aussi des *liures*, c'est-à-dire des croisements de fils de trame; *relais* et *liures* sont d'une pratique constante dans la fabrication moderne; lorsque l'ouvrage est terminé, les relais sont cousus à l'aiguille.

L'une des caractéristiques tapisseries d'Akhmim consiste en des dessins très fins tracés en lin écru sur des fonds de couleur brune ou pourpre; on veut que ces dessins aient été posés à l'aiguille et après coup. C'est une erreur technique; les dessins, comme les lettres, lorsqu'il y en a, sont produits par *ressauts* (crapauds en terme d'atelier), au moyen d'une broche volante que le tapissier fait sauter d'un point à un autre; le *ressaut* n'a lieu que dans le sens de la chaîne. le dessin est tissé en plein lorsqu'il est dans le sens contraire; qu'on examine à l'envers une tapisserie à *ressauts*, on verra que le fil de la broche volante est continu d'une partie du dessin à l'autre et qu'il est en liaison intime avec les fils de la trame, parce qu'il a été fait en même temps qu'eux et tassé par le même coup de peigne; nous n'employons plus les *ressauts* aujourd'hui, nos modèles ne comportent pas de lignes aussi déliées.

1. *Gazette des Beaux-Arts* du 1ᵉʳ août 1887.

Les tapisseries égyptiennes et celles des Gobelins résultent d'un travail tellement identique, sauf pour quelques détails secondaires, que j'ai pu, sans difficulté, faire reproduire des coptes par les élèves de notre école de tapisserie.

V

Le tapissier copte procédait toujours par couleurs franches, je veux dire qu'il ne superposait pas deux couleurs différentes pour produire l'effet d'une couleur unique; ce n'est que dans les premières années de notre siècle que l'usage s'est introduit dans les ateliers de travailler avec superposition; depuis 1888 nous avons abandonné cette méthode qui a été jadis motivée par la reproduction des tableaux. Les Coptes tissaient par teintes plates; dans quelques pièces cependant et par exception, il y a une intention de modelé manifestée par de légères dégradations; les contours sont parfois assurés par un sertissage, mais ce redessiné n'est pas de principe.

La palette copte étant limitée à une douzaine de couleurs au maximum, du moins je n'en ai pas trouvé davantage dans les nombreuses pièces que j'ai examinées, les tons dans une même gamme sont de deux ou de trois au plus [1].

Les couleurs de fond sont le pourpre, le brun tirant sur le violet, le rouge. Le pourpre est de diverses nuances, dont les principales sont le violet, le violet colombin et le vineux violet; du reste, dans l'antiquité, le pourpre à la mode variait également. « Pendant ma jeunesse, écrit Cornelius Nepos, le pourpre violet était en vogue et se vendait cent deniers la livre; bientôt après on préféra le pourpre rouge de Tarente et ensuite le double pourpre de Tyr dont la livre coûtait plus de mille deniers. » Pline indique que pour cinquante livres de laine, il faut deux cents livres de buccin et cent onze livres de murex. Le pourpre des Coptes provient ou d'une matière colorante unique fournie par l'un de ces murex si renommés, ou de mélanges dans lesquels on constate du bleu d'indigo.

Après le pourpre et le brun qui paraît résulter également du murex, rabattu par une forte dose d'indigo, la couleur de fond dominante est le rouge, rouge cramoisi, rouge écarlate, rouge garance, venant du kermès, de la garance *warantia* des Romains, de rubiacées voisines de la garance et peut-être aussi de la cochenille; la présence de cette matière dans les tapisseries coptes détruirait la tradition persistante, malgré des preuves contraires, qui veut que la cochenille nous vienne d'Amérique.

1. Le mot ton appliqué aux couleurs désigne les modifications qu'une couleur prise à son minimum d'intensité peut recevoir par l'addition du blanc et du noir. La gamme est l'ensemble des tons, la couleur pure est la normale de la gamme. L'expression nuance est donnée aux modifications qu'une couleur peut recevoir par l'addition d'une certaine quantité d'une autre couleur.

Les autres couleurs sont employées pour les motifs de la décoration; elles comprennent le bleu d'indigo, le bleu violet et le bleu de ciel, fixés par le procédé appelé à cuve d'Inde, usité encore de notre temps; le jaune doré et le jaune vert provenant de végétaux; l'orangé, qui paraît venir de la graine de Perse; le vert d'osier, le vert russe et le vert d'œillet, résultant de l'indigo et d'un bois ayant de l'analogie avec le bois de Cuba; d'autres verts sont fournis par l'indigo et la gaude; le noir n'est qu'un bleu très intense modifié par une substance, le sumac très probablement, les cendres des laines noires contiennent un peu de fer [1].

Les couleurs coptes sont d'une résistance très remarquable; les altérations qu'elles ont subies sont produites par des causes accidentelles, telles que par l'adhérence du tissu sur un corps en décomposition. J'ai remarqué un fait singulier : dans plusieurs morceaux, la laine de la trame teinte en rouge a disparu seule et les fils de lin sont restés intacts, ce qui donne à la pièce l'aspect d'une dentelle; je m'explique la chose par la présence d'une bête très friande du rouge et dédaigneuse des autres couleurs; mon hypothèse a paru raisonnable à des spécialistes.

Pour juger le degré de résistance d'une couleur, nous comparons le côté de la tapisserie qui a été exposé à la lumière avec l'envers; quoique portées dans un pays d'ardent soleil, il n'y a pas de différences sensibles entre les deux côtés des tapisseries coptes. J'ai mis sous l'action du soleil de Paris des morceaux coptes pris à l'envers et des couleurs similaires modernes; les coptes ont résisté alors que les couleurs modernes ont perdu.

En résumé, je ne crains pas d'affirmer qu'au point de vue technique les tapissiers coptes étaient aussi habiles que leurs successeurs, et que les teinturiers coptes étaient des ouvriers hors ligne, aussi forts au moins que les teinturiers flamands du xv⁰ siècle qui est l'âge d'or de la tapisserie.

[1]. De nouvelles analyses donneront probablement sur les couleurs coptes des indications plus complètes et plus précises.

NOTE SUR LES REPRODUCTIONS

Les tapisseries de 1 à 73 sont à deux couleurs; les diverses variétés du pourpre et du brun mentionnées à la page 7 forment les parties foncées, les clairs sont en jaune pâle.

Du n° 83 au n° 153 les pièces sont polychromes, souvent à fond rouge; les carnations ainsi que quelques fleurs sont d'après le naturel; les motifs sont en couleurs variées dont les reproductions du n° 74 au n° 82 fournissent des exemples.

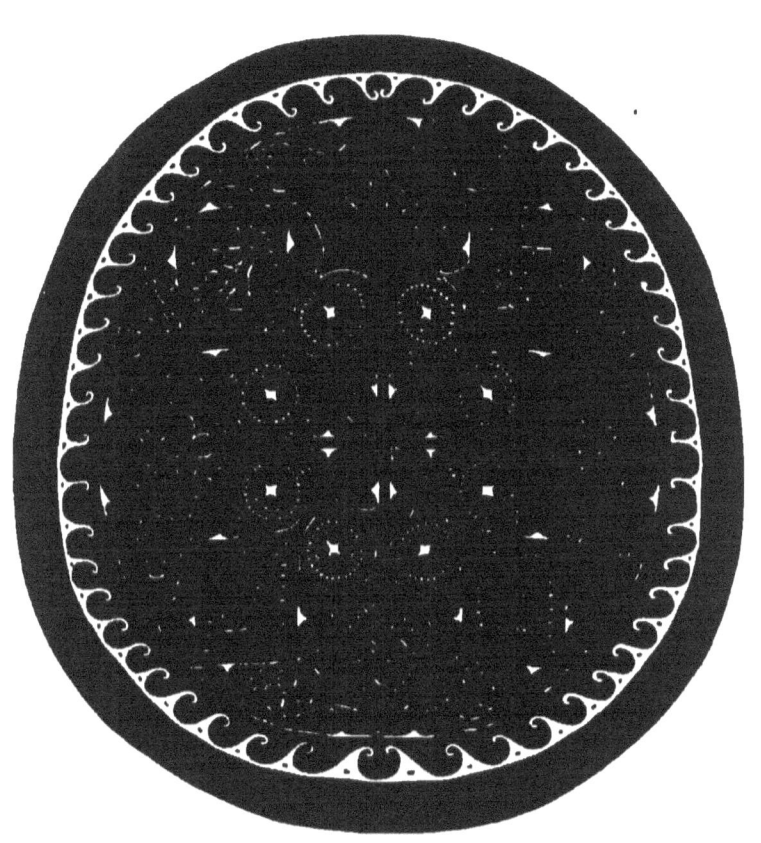

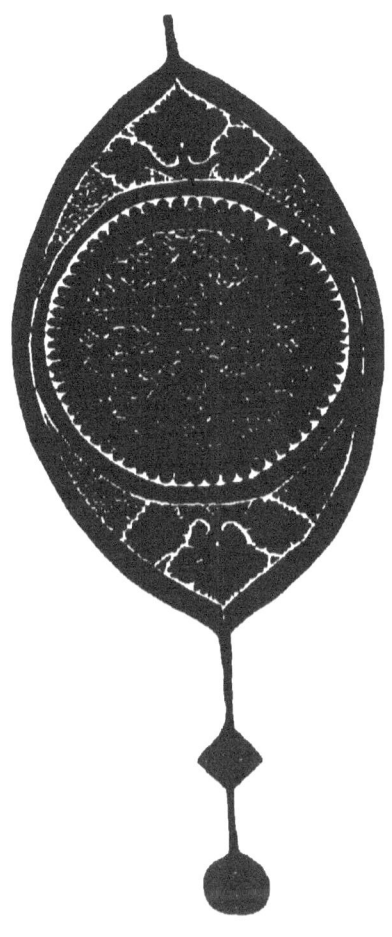

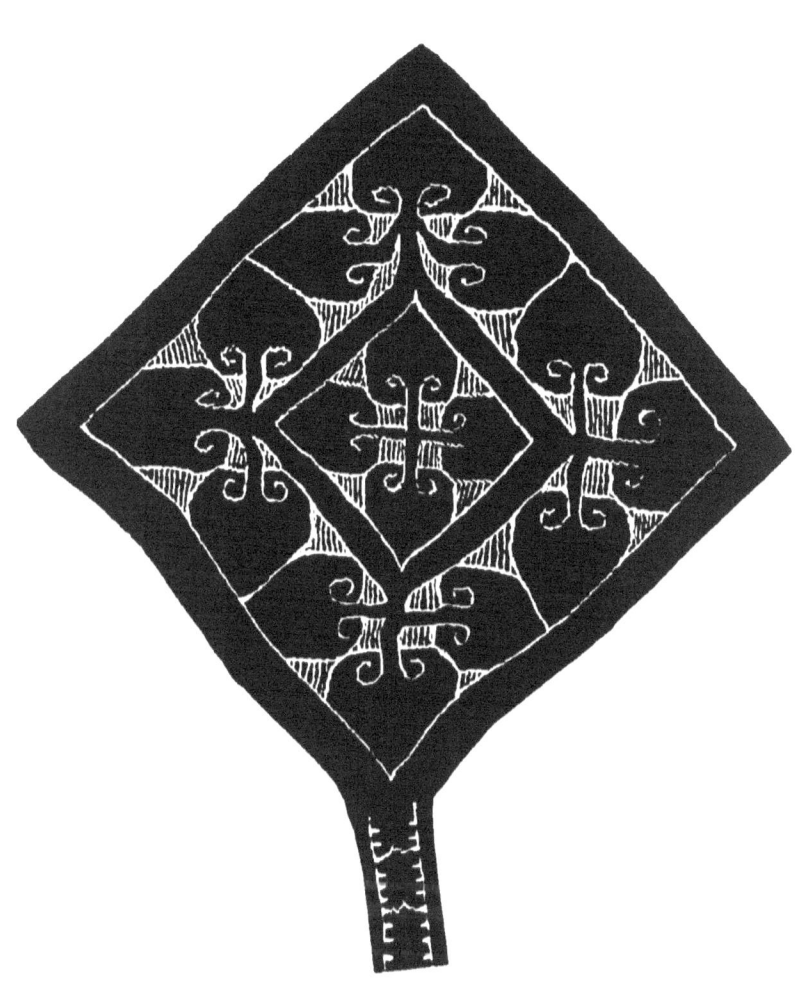

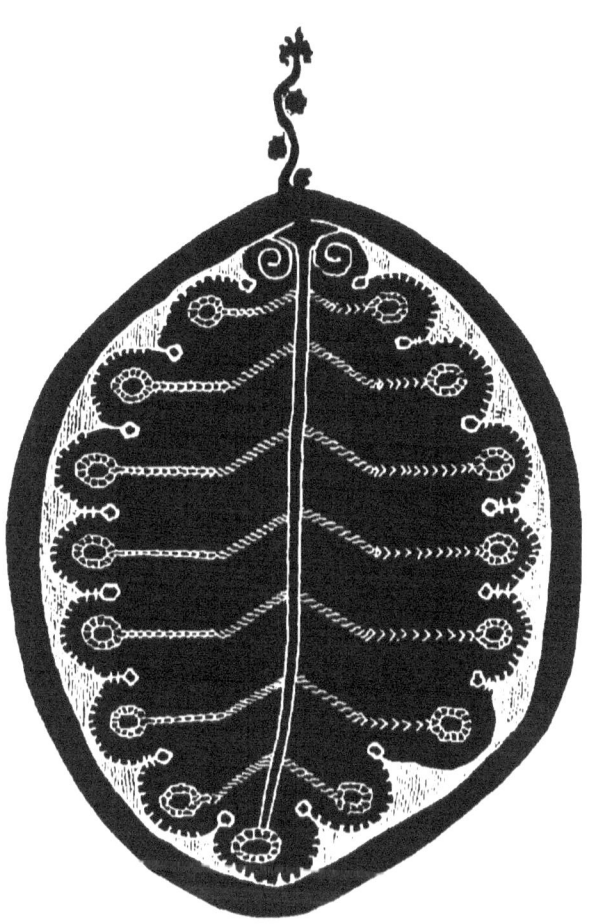

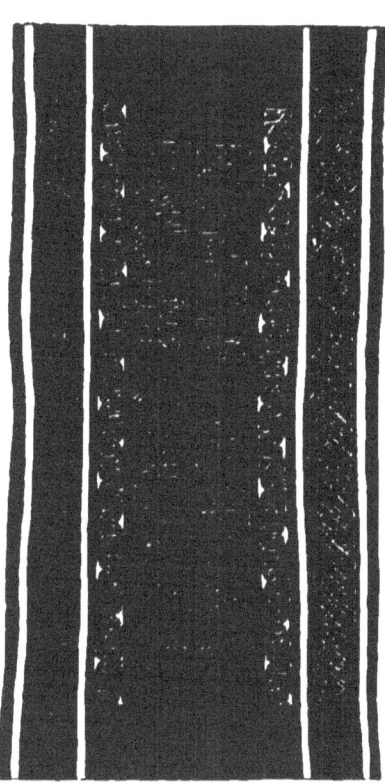

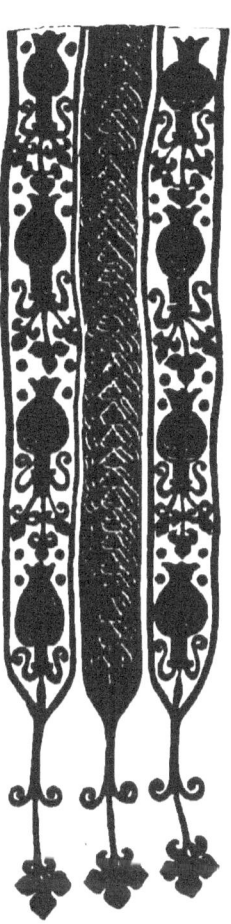

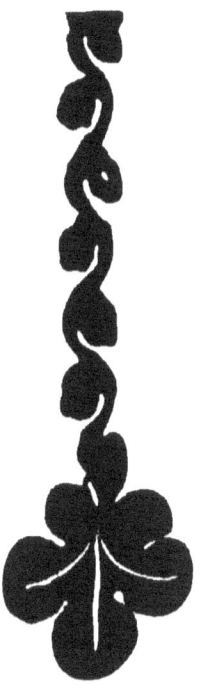

75

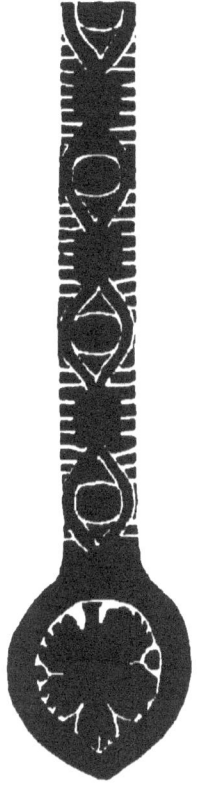

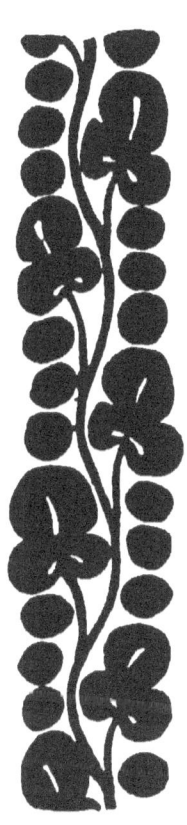 

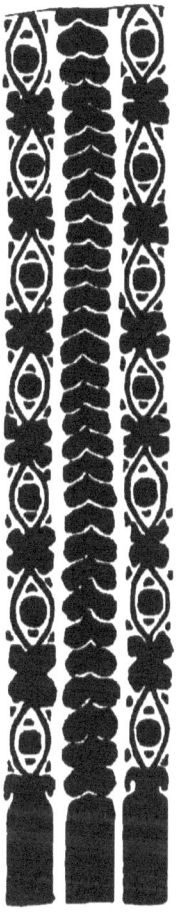

4.

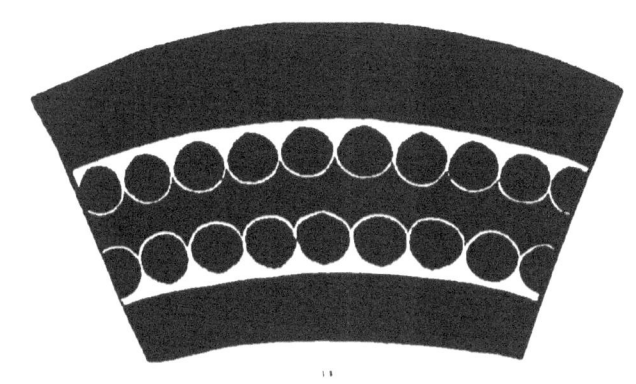

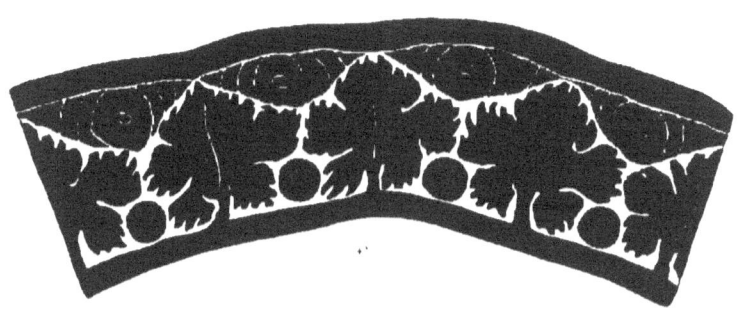

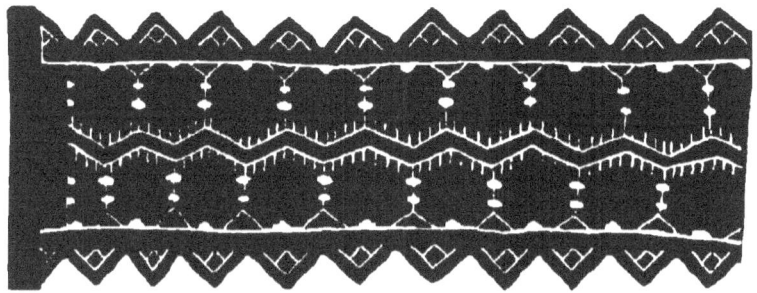

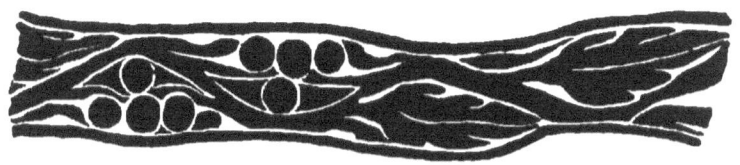

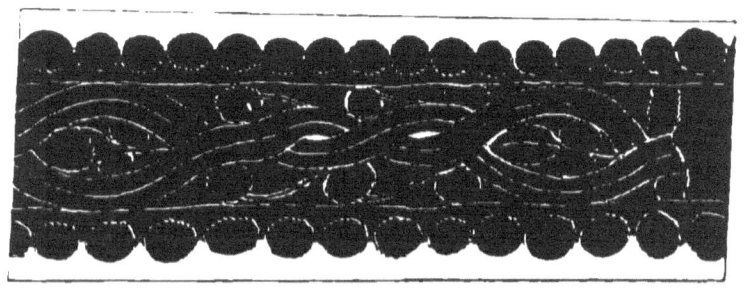

131

87

88

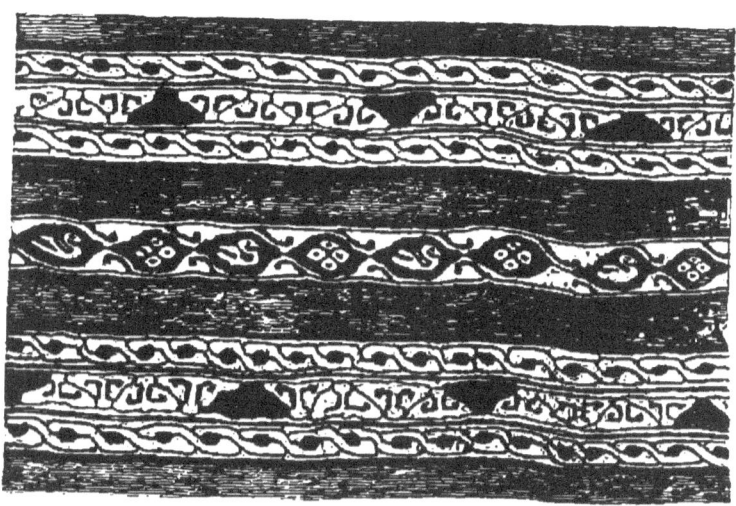

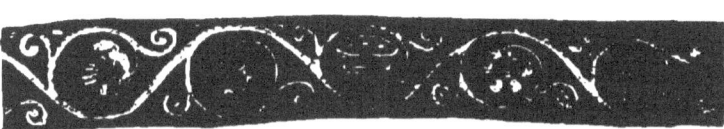

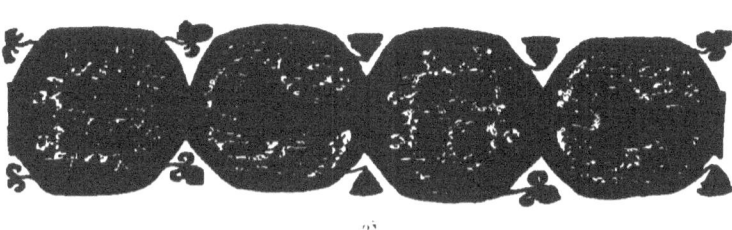

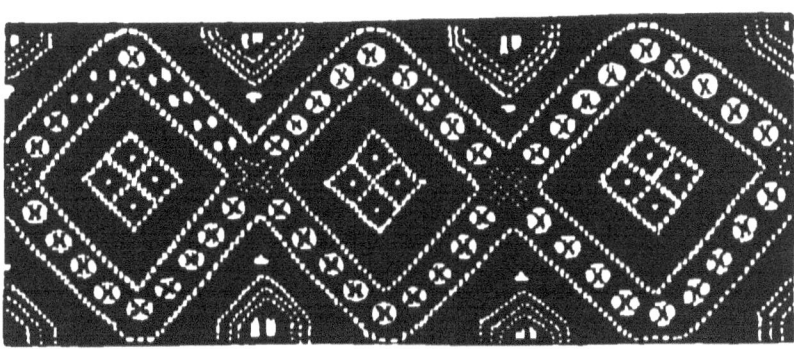

98

99

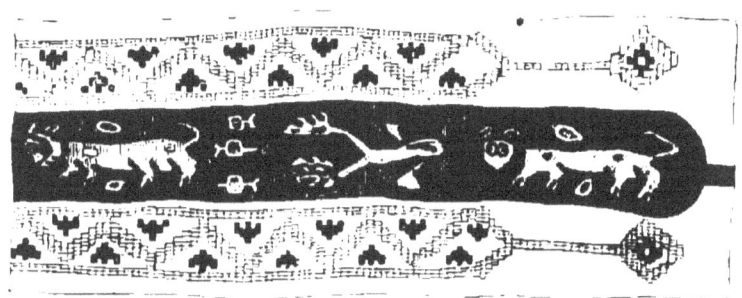

191

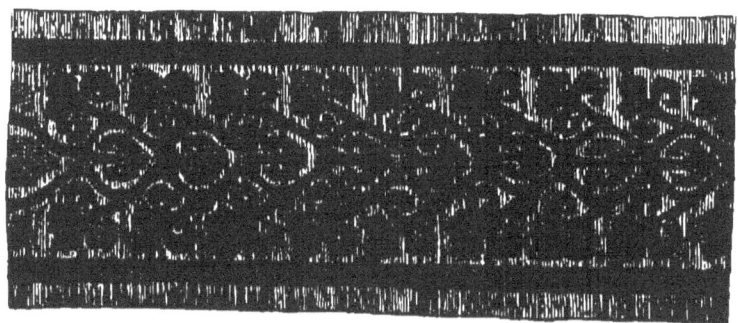

192

103

104

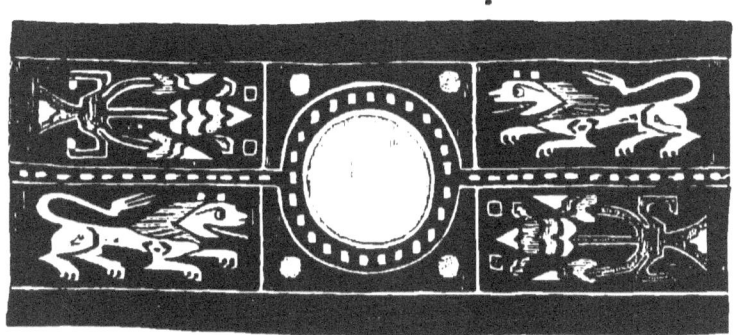

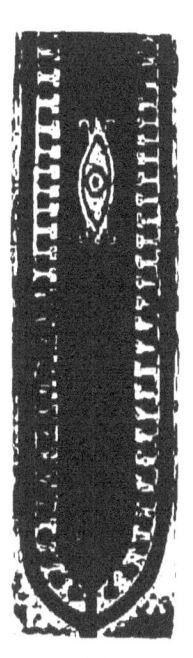

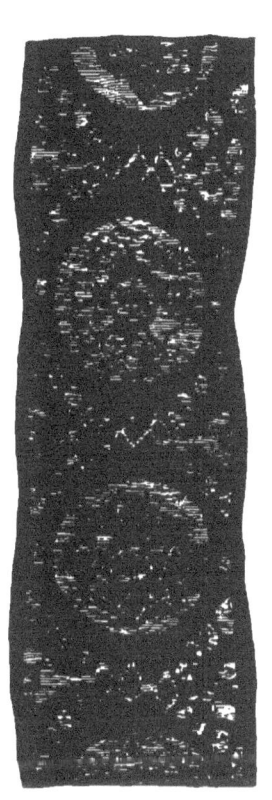

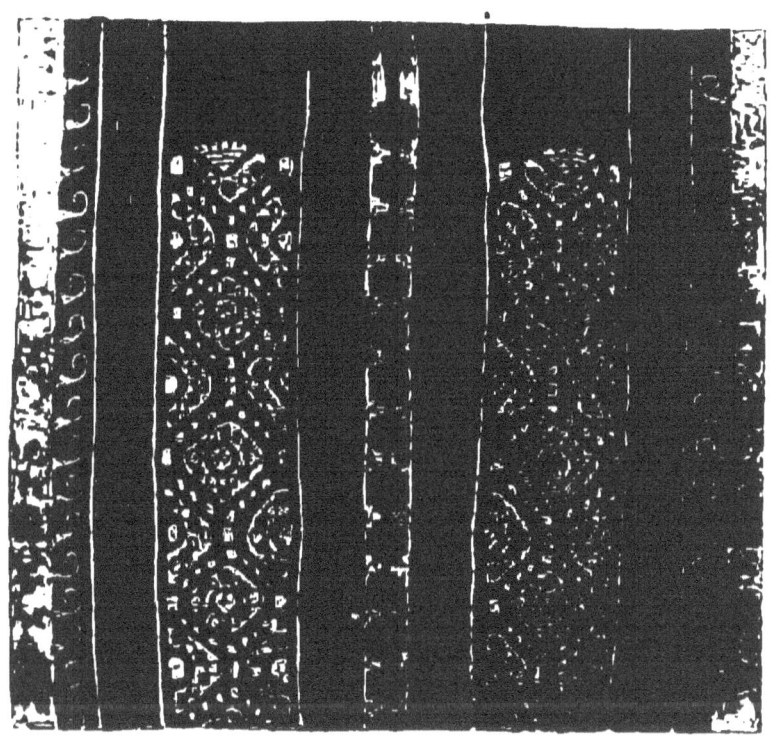

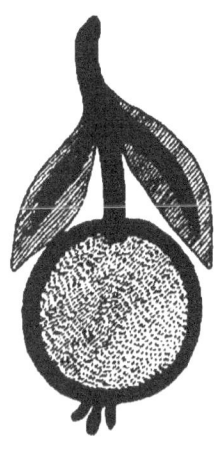

134

135

126

137

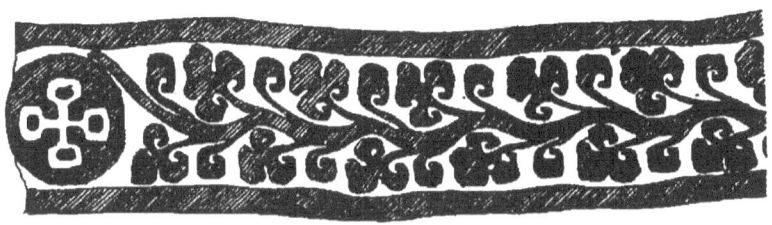

138

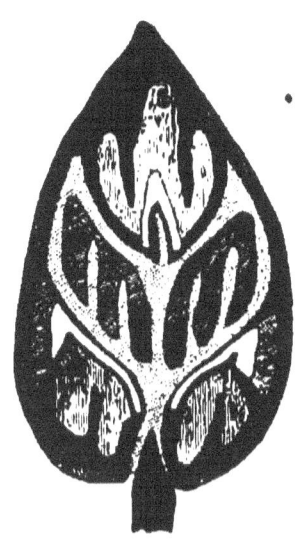

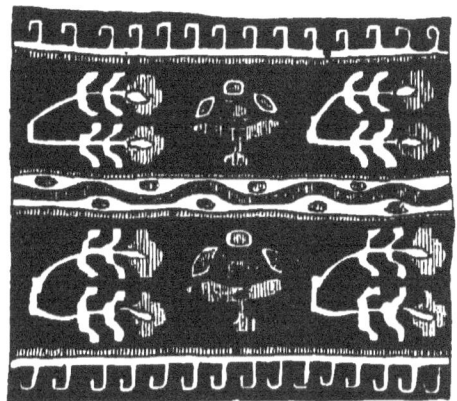

143

144

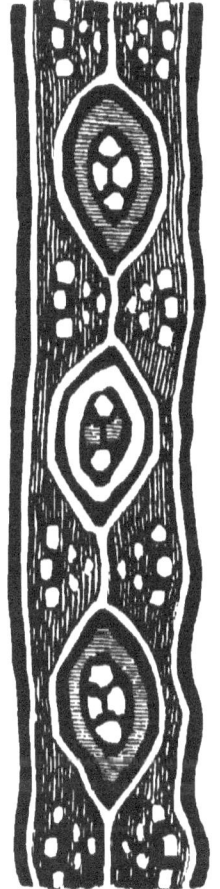

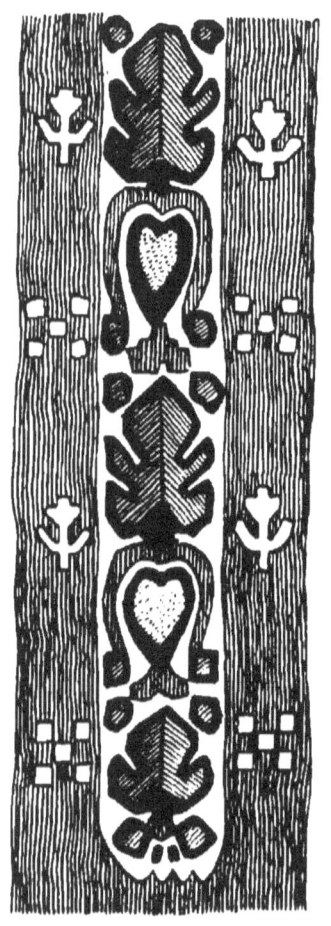

147   148

130

131